註東坡先生詩

卷之十

D1625511

庚戌十二月十九日坡公生日用彭城放鶴亭故事作蘇齋圖此蘇齋得名之始也
方綱記
圖在第十三卷

乾隆丁酉二月七日益都李文藻觀

是日同李潮觀書
嘉定錢坫女

辛丑孟夏吳縣陸恭順德張錦芳同觀

庚戌十二月十九日過蘇齋作坡公生日因觀 商邱陳崇本

歲丁卯坡公生日荷屋時官京師招桂未東薌
樸園雲屋山諸及門集寓齋拜公畫像重爲予寫
畫三十年矣追思往事感慨係之荷屋于道光
丙戌得宋槧顧施注蘇詩善本官湖南玉瓶攜以
自隨今春明重叙出此屬題展玩累日竊喜與坡
公有緣豈曰偶然二三同志仿康子拜經之例以是
編爲公壽豈不更添一段韻事耶道光丙申仲冬六瀞
吳縣潘世恩呵凍書於思補齋時年六十有八

註東坡先生詩卷第十

吳興施氏

吳郡顧氏

詩五十七首 時守高密

贈上天竺辯才師

蘇文忠公作辯才法師塔銘云師錢塘徐氏名元淨字無象於潛人生而右肩肉起如袈裟條八十一日乃滅長使事佛及其終實八十有一心具究慧學兼禪律人無賢不肖見人[illegible]其道奉其教洗

[illegible]

後[illegible]夫東坡守杭作亭風篁嶺上名過溪亦曰二老

有次辯才韻詩載二十九卷此詩疑倅杭日所作或誤寘此卷

南北一山門上下兩天竺白樂天寄天竺韜光禪師詩一山門作兩山門兩寺元從一寺分中有老法師瘦長如鸛鵠唐裴寬傳寬衣碧瘠而長號碧鸛雀不知脩何行碧眼照山谷高僧傳達磨大師眼紺青色後稱碧眼胡僧見之自清涼洗盡煩惱毒坐令一都會漢地理志吳亦江東之一都會

也

男女禮白足高僧傳魏武帝時有白足禪師我有長頭

見後漢賈逵傳自為兒童常在太學諸儒為之語曰問事不休賈長頭角頰

峙犀王國語鄭史伯曰今王惡角犀豐盈後漢李固傳貌狀有奇表鼎角匿犀足履龜文韓退之送僧澄觀詩有僧來訪呼使前伏犀插腦高頰顴四歲

不知行抱負煩背腹師來為摩頂南史徐陵傳寶誌摩其頂曰天上石麒麟也起走趁奔鹿子由作辯才塔碑云子瞻中子追生三年不能行請師為落髮摩頂晉唐彬傳身長八尺走及奔鹿乃知

戒律中妙只謝羈束左傳越石父曰免於羈束何必言

去華半王炎魚 卷 興國禪符問僧

言極吉神異今　四化身[illegible]焉

事具殿裡

游廬山次韻章傳道

章傳道名傳事見第六卷次韻荅章傳見贈

塵容已似服轅駒文選孔稚圭北山移文抗塵容而走俗狀漢灌夫傳局趣効轅下駒野性猶同縱壑魚漢王褒傳為聖主得賢臣頌云翼乎如鴻毛過順風沛乎如巨魚縱大壑出入巖巒千仞表晉王衍傳巖巖清峙壁立千仞較量筋力十年初韓退之贈鄭兵曹詩尊酒相逢十載前君為壯夫我少年尊酒相逢十載後我為壯夫君白首

雖無窈窕驅前馬毛詩窈窕淑女楊雄方言秦晉閒美狀為窕言閑都也美心為窈言幽靜也儀禮有執燭前馬史記李斯傳佳冶窈窕淑女不立於側

還有鴟夷挂後車漢陳遵傳楊雄酒箴鴟夷滑稽腹如大壺晝日盛酒人復借酤常為國器託於屬車

莫笑吟詩淡生活古詩話裴令公夜宴公聯句元白有得色至楊汝士曰昔日蘭亭無豔質此時金谷有高人白知不能加還曰笙歌鼎沸勿作此冷冷淡生活元曰樂天可謂能保其名也元乃微之

當令阿買為君書韓退之贈張祕書詩阿買不識字頗知書八分詩成使之寫亦[illegible]吾[illegible]

上界足宮府韓[illegible]詩天門九扇相當開上界真人足宮府飛昇亦何益顧況集五源詩云番陽仙人王遙琴子高言下界功滿方超上界上界多官府不如地仙快活還在此山中相逢不相識唐僧無本詩云只在此山中雲深不知處李太白通塘曲何處滄浪垂釣翁鼓栧魚歌趣非一相逢不相識出没繞通塘

飲酒臺

博士雅好飲史記犀首傳陳軫曰公何好飲也空山誰與娛杜子美武侯廟詩空山草木長莫向驪山去君王不喜

儒 史記秦始皇紀葬驪山又始皇三十四年天下敢有藏詩書百家語者悉詣守尉雜燒之有敢偶語詩書棄市三十五年諸生四百六十餘人皆坑之咸陽衛宏古文官書序秦始皇密令冬種瓜於驪山谷中温處瓜實成詔博士諸生説之人人各異使往視之為伏機從上填之以土皆壓死今新豐温湯處號愍儒鄉見漢書儒林傳註漢酈食其傳初見沛公騎士曰沛公不喜儒

聖燈巖

石室有金丹 韓退之詩金丹別後知誰得 山神不知祕

何必露[illegible][illegible]來驚童稚

三包

皎皎□□下白　人遂□黎不眠　三□詩

綢繆束楚　三星在天　□□同一月

障日峯

長安自不遠　李太白登鳳皇臺詩總為浮雲能蔽日長安不見使人愁　晉明帝紀帝年數歲元帝坐置膝上因長安使來問曰汝謂日與長安孰遠對曰長安近不聞人從日邊來居然可知也元帝異之明日宴羣僚又問之對曰日近元帝失色曰何乃異向者之言乎對曰舉頭見日不見長安由是益奇之　蜀客苦思歸　文選石崇作思歸引劉禹錫荆門懷古詩咸陽終日苦思歸　莫教名障日喚作小峨眉　東坡云其狀類峨眉但小爾

次韻章傳道喜雨公自註云禱常山而得

去年夏旱秋不雨海畔居民飲鹹苦今年春暖欲生蝝唐韻蝝蝗子也左傳宣公十五年冬蝝生地上戢戢多於土預憂一旦開兩翅口吻如風那肯吐前時渡江入吳越布陣橫空如項羽公自註云去歲錢塘見飛蝗自西北來極可畏漢黥布傳上望布軍置陣如項籍軍上惡之農夫拱手但垂泣人力區區固難禦撲緣[illegible]馬莊子人有愛馬者以筐盛矢以蜄盛溺適有蚊蝱僕緣[illegible]拊之不時則缺銜[illegible]首碎[illegible]

盡牛[illegible]以留丞[illegible]

觀不救亦何心姚崇傳謂倪若水曰今坐觀蝗食苗忍而不救因以無年刺史其謂何秉畀炎火傳自古毛詩去其螟螣及其蟊賊無害我田穉田祖有神秉畀炎火

荷鋤散掘誰敢後文選江文通擬陶徵君詩帶月荷鋤歸

得米濟飢還小補國朝詔州縣募民捕蝗每掘得其子以斗升計而給米多寡有數焉事著常平令朝野僉載唐開元四年河南北蝗蟲為災敕遣使與州縣驅逐捕得一石者與一石粟一斗者粟亦如之掘坑埋之

常山山神信英烈唐十道四蕃志竇州常山齊時祈雨常應因以為名

擒駕雷公訶雷母王充論衡畫雷公使左手引連

皷右手推之續仙傳東王父與玉女投壺有不入者天為之笑則電應憐郡

守老且愚欲把瘡痍手摩撫後漢王郎傳元元瘡痍已過半矣韓文公溪堂詩摩手拊之山中歸時風色變中路

巳覺商羊舞家語童謡曰天將大雨商羊皷舞夜窗騷騷

鬧松竹庾信小園賦風騷騷而樹急朝畦泫泫流膏乳

晉佛圖澄傳泫然微流從來蝗旱必相資此事吾聞

老農語庶將積潤掃遺孽收拾豐歳還明

主縣前[illegible]八千斛東坡[illegible]今春及今得蝗子八千餘斛[illegible]

傳泝[illegible]

鍾致一……更看……嫁過……

不復生矣未由……安來旁午漢霍光傳昌邑王受璽以來二十七

日使者旁午顏師古曰一縱一橫為旁午先生筆力吾所畏

踏鮑謝跨徐庾鮑照謝朓徐陵庾信之流皆以詩文鳴于南朝偶

然談笑得佳篇文選詩談笑却秦軍便恐流傳成樂

府前漢禮樂志武帝立樂府陋邦一兩何足道吾君盛

德九州普中和樂職幾時作試向諸生選

何武漢王褒傳益州刺史王襄欲宣風化於衆庶聞褒有俊材使作中和樂職

宣布詩選好事依鹿鳴之聲習而歌之時汜鄉侯何武為童子選在歌中久之武等

學長安歌太學下轉而上聞宣帝召見武等觀之皆賜帛謂曰此盛德之事吾何足以當之

謝郡人田賀二生獻花

城裏田負外唐百官志太宗省內外官定制為七百二十員曰吾以此待天下賢材足矣然是時已有負外置

城西賀秀才漢賈誼傳河南守聞其秀才召置門下

不愁家四壁漢司馬相如傳家徒四壁立

自有錦千堆唐楊巨源看花詩一林堆錦映千燈照眼牽情欲不勝

珍重尤奇品無難最後開芳心困落呈薄

艷[illegible] 下[illegible] 自詩云老宇坊五 [illegible]

巳亥[illegible]　[illegible]蠶古[illegible]毛詩三[illegible]

粲者國語鄭語三女為粲　攀折為誰哉並脫揎紅袺

金樽瀉白醅何當鑷霜鬢　杜牧之許顥金鑷洗霜鬢　強

插滿頭回　杜牧之九日詩菊花須插滿頭歸

惜花

吉祥寺中錦千堆　公註云錢塘花最盛處　前年賞花

眞盛哉道人勸我清明來腰鼓百面如春

雷打徹凉州花自開　羯鼓錄玄宗嘗遇二月初小殿庭內柳杏將開命取羯鼓臨軒縱擊一曲及顧柳杏皆拆　沙河塘上插花回

醉倒不覺吳兒咍（白樂天洛城花下詩醉倒亦何妨）豈知如今雙鬢摧城西古寺沒蒿萊有僧閉門手自栽千枝萬葉巧剪裁就中一叢何所似馬腦槃盛金縷杯（唐裴行儉平都支遮匐獲馬腦盤廣二尺杜子美詩内府殷紅馬腦盤）而我食菜方清齋對花不歡花應猜夜來雨雹如李梅紅殘緑暗吁可哀（是秋大雨雹又李梅實公自註云錢塘吉祥寺花為第一壬子清明賞會最盛金盤綵籃以獻于座者五十三人夜歸沙河塘上觀者如山爾後無復繼也今年諸家[illegible]亦極盛而花[illegible]）

有幾可也

和頓敎授見寄用除夜韻

我笑陶淵明種秫二頃半婦言既不用還有責子歎無絃則無琴何必勞撫玩南史陶潛傳為彭澤令在縣公田悉令種秫妻子固請種秔乃使二頃五十畝種秔畜素琴一張弦徽不具每朋酒之會則撫而和之靖節集淵明責子詩雖有五男兒總不好紙筆

我笑劉伯倫醉髮蓬茆散二豪若不納獨以鍤自伴既死何用埋此身同夜旦晉劉伶傳字伯倫與阮籍嵇康相遇欣然神解常乘鹿車攜一壺酒使人荷鍤隨之謂曰

死便埋我著酒德頌曰俯觀萬物擾擾焉若江海之載浮萍二豪侍側焉如蜾蠃之與螟蛉莊子大宗師篇死生命也其有夜旦之常天也孰云二子賢

自結兩重案傳燈錄北禪和尚問僧曰什麼院曰資福師曰福將何資曰兩重公案笑人還自笑出口談治亂一生溷

塵垢晚以道自盥無成空得懶坐此百事

纔反聞頓夫子漢司馬遷傳亦嘗側聞長者遺風矣講道出

新貫論語子曰吾道一以貫之豈無一尺書說文牘書版也長一尺為率杜子美逢劉主簿[illegible]分手開元末連年絕尺書[illegible]不記庸[illegible]

辯[illegible]炭而鱉多少一鬱肉必也[illegible]言
生國語人國熟愧小國附協十日坐空[illegible]中出子詩
貪讀酒屢燹晉孫盛傳晉謁毀浩談論食冷而復燹者數四狂言
各須慎勿使輸薪粲漢劉輔傳成帝欲立趙倢伃為后輔上書
坐繫共工獄論為鬼薪漢刑法志罪人獄已決定為城旦舂滿三歲為鬼薪白粲惠
帝紀應劭註曰取薪給宗廟為鬼薪坐擇米使正白為白粲皆二歲刑也

和子由四首

韓太祝送游太山

偶作郊原十日游未應回首厭籠囚但教

塵土驅馳足終把雲山爛漫酬 元次山丐說鄉無若子則友雲山白樂天杭上作賴是從前爛熳游 聞道逢春思濯錦 蜀本記錦城南有濯錦江 便須到處覓菟裘 左傳桓公十一年隱公曰使營菟裘吾將老焉 恨君不上東封頂 史記封禪書武帝封禪上太山乃令人上石立之太山巔 夜看金輪出九幽 太山記東南峯名日觀雞一鳴見日出劉禹錫羅浮詩赤波千萬里湧出黃金輪黃庭經九幽日月洞空無

送春

[illegible]多情忠照[illegible]高祖歐陽[illegible]

儀詩云侵病骨惟思睡花落春愁未解醒蜜熬[illegible]亦懶飛白樂天禽蟲十二章蠶老繭成不庶蜂飢蜜熟屬他人芍藥櫻桃俱掃地東坡云病過此二物鬢絲禪榻兩忘機杜牧之題禪院詩今日鬢絲禪榻畔茶煙輕颺落花風唐闕史云杜牧之自以年漸遲暮常追賦感舊作二詩一詩即鬢絲禪榻者憑君借取法界觀一洗人間萬事非東坡云來書云近看此書余未嘗見也華嚴經法界觀清涼澄觀禪師述以明華嚴大旨杜子美送韓十四詩歎息人間萬事非

首夏官舍即事

安石榴花開最遲張華博物志張騫使西域還得安石榴賨子野酒譜扶風傳云頓遜國有安石榴取汁數日成美酒絳裙深樹出幽菲白樂天山石榴詩題詩報我何所云苦云色似石榴裙吾盧想見無限好陶淵明讀山海經詩孟夏草木長遶屋樹扶踈衆鳥欣有託吾亦愛吾盧鄭谷子規詩春山無限好猶道不如歸客子倦游胡不歸文選魏文帝雜詩客子常畏人漢司馬相如傳長卿故倦游毛詩式微式微胡不歸陶淵明歸去來辭田園將蕪胡不歸坐上一罇雖得滿後漢孔融傳常歎曰坐上客常滿樽中酒不空吾無憂矣古來拙巧相[illegible]文選謝靈運擬鄴中詩序[illegible]

泊邊寺□□□陰晝掩扃

送李供備席上□□詩

家聲赫奕蓋并涼也解微吟錦瑟傍漢中山靖王傳雍門子壹微吟古詩訪李商隱有錦瑟詩云是令狐楚之青衣文選魏文帝樂府短歌微吟不能長杜子美由江對雨詩暫醉佳人錦瑟傍擘水取魚湖起浪韓退之詩擘水看蛟螭劉禹錫有獺吟下見盈尺魚拔身擘洪漣引杯看劍坐生光杜子美夜宴左氏莊詩檢書燒燭短看劍引杯長風流別後人人憶才器歸來種種長不用更貪窮事業風騷分付與沅湘史記屈原傳作

離騷投汨羅而死楚辭王褒九懷伍胥兮浮江屈子兮沉湘

西齋

西齋深且明中有六尺牀晉賀循傳晉武賜循以六尺牀白樂天小院酒醒詩好是幽眠處松陰六尺牀病夫朝睡足白樂天重題詩日高睡足猶慵起危坐覺日長危坐見管子弟子職篇晉夏統傳危坐若無所聞白樂天和裴相詩閑中日月長昏昏既非醉白樂天傚陶潛體詩且効醉昏昏踽踽亦非狂毛詩獨行踽踽孟子古之人行何為踽踽涼涼生斯世也為斯世也善斯可矣依竹風下息

[illegible]中散涼毛詩吉甫作頌[illegible]清風[illegible]

來駿騎王微涼起行再

香榴花開一枝桑棗沃以山桑之未落其葉沃若

鳴鳩得美蔭莊子山木篇覩一蟬方得美蔭而忘其身困立忘

飛翔黃鳥亦自喜新音變圓吭文選左太沖蜀都賦鴻儔鵠侶振鷺鵜胡霎飛水宿弄吭清渠

杖藜觀物化莊子讓王篇原憲杖藜而應門淮南子春女悲秋士哀而知物化莊子齊物論周與胡蝶則必有分矣此之謂物化

亦以觀我生周易觀我生進退未失道也劉禹錫賦觀物之餘觀我生

遂萬物各得時文選古詩盛衰各有時陶潛歸去來喜萬物之得時

我生日皇皇揚子仲尼皇皇陶淵明歸去來辭寓形宇

內復幾時曷不委心任去留胡為乎皇皇欲何之

小兒

小兒不識愁起坐牽我衣李太白南陵別兒童詩呼童烹雞酌白酒兒女歌笑牽人衣我欲嗔小兒老妻勸兒癡兒癡君更甚韓退之和詠筍詩兒癡謂盡髭不樂愁何為還坐愧此言洗盞當我前大勝劉伶婦區區為酒錢晉劉伶傳伶求酒於妻妻捐酒毀器涕泣諫之文選古詩一心抱區區杜子美詩時時與酒錢

考異名
治士知温擢
西刑獄判池 西轉
使神宗擢侍御史知雜事
數論事剴切會孝叔亦無判刑
部與王安石爭謀殺刑名敕
下封還之安石白帝詔開
封推官王克臣劾罪孝叔率
御史劉琦錢顗共上疏彈奏
安石執政以來未踰數月中
外人情囂然胥動專肆胸臆
輕易憲度鶩駭物聽動搖人
心首以財利務為容悅願早
罷逐以安天下疏上先貶琦
顗為監當開封獄具以孝叔
三問不承安石欲置之獄司
馬文正范忠宣力爭之乃以
知江州踰歲提舉崇禧觀東

坡倅杭與孝叔會虎丘和其
二詩載第九卷吳興六客堂
孝叔其一人也初神宗即
位起安石於金陵付以大政
而是時帝已有誅滅西夏
意遂用种諤以開邊隙安石
逢迎帝意且謂鞭笞四夷
必財用豐裕然後可以行其
志於是終帝之世以理財
爲急兵連禍結南征西伐幾
至於亂帝雖欲改爲而諸
臣係其用捨執之愈堅晚歲
始大悔悟然無及矣故此詩
首言征伐之意熙寧七年九
月詔開封府界河北京東西
路置三十七將[illegible]偏副[illegible]
[illegible]之請故云

[illegible]乞以鄉戶[illegible]示
蘇盜各立首[illegible]部[illegible]
而推及天下[illegible]為萬世常[illegible]
之術乃下司農寺詳定條制
行之上嘗問如何可以漸
省正兵安石曰當使民習兵
則兵可省然其後保甲不能
逐盜而為盜矣故云保甲連
村團未徧五年司農丞蔡天
申請委提舉司均稅而領於
司農始立方田均稅之法詔
司農以條約并式頒之天下
方田之法以東西南北各千
步當四十一頃有奇為一方
歲以九月委令佐分地計量
均定稅數至明年三月畢揭
以示民仍再期一季以盡其

詞乃書戶帖連莊帳付之以
為地符故云方田訟牒紛如
兩七年春上以大旱憂見
容色欲罷保甲方田等事安
石曰水旱常數堯湯所不免
但當益脩人事 上曰此豈
細事朕今所以恐懼者正為
人事有所未脩耳初呂惠卿
建為手實之法使民自上其
家之物產而官為注籍奉使
者至析秋豪天下病之至八
年十月乃罷故云爾來手實
降新書抉剔[illegible]株窮脉縷詔
書惻怛信[illegible]吏能淺薄空
勞苦蘇子由[illegible]條條例司給
詳與安石議[illegible]能
[illegible]蘇軾如何

則能合流俗

平生學問之 明宋
允議其新政者皆以流俗之言

之也李叔□七十二章紹興
間録其風雅贈秘閣脩撰

君王有意誅驕虜左傳與君王哉漢匈奴傳胡者天之驕子也

椎破銅山鑄銅虎三國志魏董卓傳悉椎破銅人鐘虡漢文帝紀初與郡守為銅虎符劭曰銅虎符第一至第五國家當發兵遣使者至郡合符符合乃聽受之

聯翩三十七將軍走馬西來各開府文選謝靈運詩金羈相馳逐聯翩何窮已栁子厚古東門行漢家三十六將軍東方雷動橫陣雲

南山伐木作車軸東海取鼉漫戰

鼓毛詩鼉鼓逢逢矇瞍奏公毛詩伐鼓淵淵振旅闐闐史記李斯傳建翠華之旗樹靈鼉之鼓汗流奔走誰敢後恐乏之軍興汙資斧漢趙廣漢傳劾蘇賢為騎士屯霸上不詣屯所乏軍興周易旅于處得其資斧保甲連村團未遍方田訟牒紛如雨後漢馬嚴傳註劉徽九章筭術曰方田第一晉王羲之傳文將如雨倒錯違背不可知爾來手實降新書魏書太祖作兵書十餘萬言諸將征伐皆以新書從事抉剔根株窮脉縷韓退之進學解爬羅剔抉子言五山根株不相連着詔書惻怛信深孚[illegible]

流[illegible]賞[illegible]中[illegible]作[illegible]此相師異而流俗人之言類

人之言而流移其志衆重笙竽誰比[illegible][illegible]必三百

人齊吹竽郭先生不知於者而益於三百人中以吹竽食祿宣王薨湣王立王曰寡人之

好竽欲一一吹之南郭先生乃逃司馬遷傳刑餘之人無所比數杜子美秋雨數長

安布衣誰比數忽令獨奏鳳將雛應璩新論漢桓帝時有馬子侯

自謂識音律請客吹笙竽為作陌上桑反言鳳將雛晉樂志鳳將雛者舊曲也倉

卒欲吹那得譜文選李少卿答蘇武書前書倉卒未盡所懷後漢順

帝紀即位倉卒典章多缺況復連年苦飢饉毛詩飢饉降喪民卒

流亡剥齧草木啖泥土今年雨雪頻應時又

報蝗蟲生翅股憂來洗盞欲強醉寂寞虛

齋臥空甑楚辭遠游章野寂寞乎無人公廚十日不生

煙三輔決錄第五頡倫之子洛陽無主人鄉里無田宅寄止靈臺中或十日不炊

白樂天題李山人詩廚煙無火室無妻更望紅裙踏筵舞韓退

之醉贈張祕書詩不解文字飲唯能醉紅裙又感春詩豔姬踏筵舞清眸射劍戟

故人屢寄山中信只有當歸無別語孫盛雜語

姜維詣諸葛亮與母相失復得母書令求當歸維曰良田百頃不在一畝但有遠志

不在當[illegible]萬疑康寶錄[illegible]緣從孫吉為將[illegible]開其名遺之音[illegible]之殺

無[illegible]嵩語丽與笑

乃悟[illegible]
咨無涯[illegible]鼠偷太倉[illegible]肯衣冠挂[illegible]晩[illegible]陰[illegible]
神武門上表辭祿吳興丈人眞得道平日立朝非
小補孟子豈曰小補之哉自從四方冠蓋鬧漢食貨志千里
游敖冠蓋相望歸作二浙湖山主高蹤已自雜漁
釣張升與任彥堅書纏綿恩好庶蹈高蹤見文選西征賦註大隱何曾
棄簪組文選王康琚反招隱詩小隱隱陵藪大隱隱朝市去年相
從殊未足問道已許談其粗逝將棄官往
卒業毛詩逝將去汝後漢趙溫傳初為京兆郡丞歎曰大丈夫當雄飛安能雌

伏遂棄官去漢楚元王傳遣子郢客與申公俱卒業莊子漁父篇孔子請因受業而卒學大道俗緣未盡那得覯蓮社雜録遠法師不許謝靈運入社謝謂生公曰白蓮道人將無謂我俗緣未盡而不知我在家出家久矣公家只在雲谿上湖州圖經雲谿凡四水合為一谿上有白雲如白羽孟子白羽之白也猶白雪之白應憐進退苦皇皇揚子仲尼皇皇陶淵明歸去來辭胡為乎皇皇欲何之更把安心教初祖傳燈録二祖謂達磨曰我心未安請師安心達磨曰將心來與汝安二祖良久曰覓心了不可得達與汝安心竟二祖乃悟

世孫熹淳

耕讀書龍……士第一

遂中其科……广……轉運判官

番禺方倪爲不書官屬共告

之倪要奪共書者收官屬并

其弩繫獄推官呂潛以瘐死

君馳至取倪屬吏縱繫逮者

十百餘人倪坐法當斬亦以

瘐死父讙叫感泣聲動海上

後知越州改宣州未至言者

奏越州鹽法不行故課負坐

罷課法以蒲歲為率歲終越

之鹽課應法乃以為管勾三

司理欠憑由司故詩云南荒

尚記誅元惡東越誰能事細

兒出知潤州未行卒長源言

若不能出口及見義慷慨壽

且強也方微時已數鬮切上官無避及耋益自強守所聞於古不肯苟隨以故齟齬一不以易意故云晚節孤風益自竒工於為文諸子皆自教以學文仲武仲仕至侍從與平仲皆有傳國史為時名臣詩云林宗不愧蔡邕碑者曾子固志其墓也

少年才氣冠當時晚節孤風益自竒 漢鄒陽傳

晚裔末路君勝宜為夫子後 韓退之孔戣墓志孔子世三十八吾見其孫白長身寡笑與言尚[illegible]世吾與之[illegible]戣字君嚴[illegible]戰[illegible]勝林宗

州錄多矣 有甚在雅十 百

尚許詠云惡 荀子云惡待教而詠 未□□誰能事細

見 史記陳軫傳注爲越之鄙細人晉陶潛傳吾不能爲五斗米折腰奉拳事鄉里

小兒韓退之魯連子詩魯連細兒黠 耆舊如今幾人在 習鑿齒作

襄陽耆舊傳顧況送少微上人詩行入漢江秋月裏襄陽耆舊幾人存 爲君

無憾爲時悲 論語與朋友共敝之而無憾

小堰門頭柳繫船 杜子美丈八溝納凉放舡詩纜侵堤柳繫 吳

山堂上月侵筵 杭州圖經輿地志吳山本名胥山避伍相故改爲吳

山 潮聲半夜千巖響 文選謝惠連雪賦瞻山則千巖俱白 詩

句明朝萬口傳東坡云長源自越過杭夜飲有美堂上聯句長源詩云天目遠隨雙鳳落海門遙魘兩潮趨一坐稱善韓退之崔立之詩佳句喧衆口杜子美送韋二詩念我能書數字至將詩不必萬人傳豈意日斜庚子後漢賈誼傳為長沙傳有服飛入誼舍自傷悼以為壽不得長迺為賦以自廣曰庚子日斜服集余舍忽驚歲在巳辰年後漢鄭玄夢孔子告之曰起起今年歲在辰明年歲在巳既寤以讖合之知命當終佳城一閉無窮事西京雜記滕公嘗出東都馬忽悲鳴掊地不前公使人掘地得石存其上書云佳城鬱鬱三千年見白日吁嗟滕公居此室南[illegible]題詩淚灑

孤山寺下叩侵門每到芳首自墨痕楚楨

未亡談笑是史記滑稽傳楚相孫叔敖死優孟即為孫叔敖衣冠抵掌談語莊王置酒優孟前為壽王大驚以為叔敖復生也中郎不見典刑

存後漢孔融傳素與蔡邕善邕卒後有虎賁士貌類於邕融每酒酣引與同坐曰雖無老成人且有典刑邕為左中郎將東坡云杭有伶人善學呂舉措酷似別後常令作之以為笑君先去踏塵埃陌我亦來尋桑棗

村回首西湖真一夢白樂天寄王質夫詩舊游疑是夢往事思如昨灰心霜鬢更休論裴度中書即事詩灰心緣忍事霜鬢為論

兵

余主簿母挽詩

閨庭蘭玉照鄉閭晉謝玄傳叔父安云子弟亦何預人事正欲使其佳玄曰譬如芝蘭玉樹欲其生於庭堦耳自昔雖貧樂有餘論語未若貧而樂富而好禮者也

豈獨家人在中饋周易家人在中饋貞吉却因麟趾識關雎毛詩麟之趾關雎之應也雲軿忽已歸仙府裴硎封陟傳奇雲軿既去隱隱遺光喬不依然擁舊廬孟子[illegible]非謂有喬木之謂[illegible]也有世臣之謂把還鄉千

丹淚白樂天贈內詩

[illegible]作嬰兒戲身著五色

泛京過寺丞亭陳治[illegible]

景疎樓上喚蛾眉君到應先誦此詩若見

孟公投轄飲漢陳遵傳字孟公每大飲輒取客車轄投井中莫忘

衝雪送君時白樂天高卧詩未裹頭時一杯酒何如衝雪趁朝人

荅陳述古二首

漫說山東第二州棗林桑泊負春游城西

亦有紅千葉人老簪花卻自羞

小桃破萼未勝春文選謝靈運酬惠連詩山桃發紅萼羅綺

叢中第一人聞道使君歸去後舞衫歌扇揔生塵東坡云陳有小妓述古稱之樂府徐陵雜曲舞衫回袖勝春風歌扇當隐似秋月文選劉越石荅盧諶詩澄醪覆觴絲竹生塵

・張安道樂全堂張安道事見第三卷送張安道赴南都留臺詩註

列子御風殊不惡猶被莊生譏數數莊子逍遙游列子御風而行泠然善也旬有五日而後反彼於致福者未數數然也步兵飲酒中散晉阮籍[illegible]營人善釀[illegible]爲步兵校尉晉嵇

自見於與山濤絕

琴曲志意畢矣庾信氣兵歡酒中散未嘗琴蕭索無馬肯欲心

於此得全非至樂莊子至樂篇天下有至樂無有哉至樂無樂至譽無譽樂全居士全於天莊子達生篇得全於酒猶然若是而況得全於天乎維摩丈室空翛然維摩經長者維摩詰心念文殊師利與大衆俱來即以神力空其室內除去所有唯置一床釋氏要覽唐顯慶中敕李義表王玄策充使西域至毗耶離城東北見維摩居士示疾之室遺址以手板量之縱橫得十笏故號方丈平生痛飲今不飲世說王孝伯曰但痛飲讀離騷經便可稱名士杜子美贈李白詩痛飲狂歌空度日陶淵明止酒詩平生

不止酒止酒情無喜

無琴不獨今無絃晉陶潛傳蓄素琴一張絃徽不具每朋酒之會則撫而和之曰但識琴中趣何勞絃上聲

我公天與英雄表世說魏武將見匈奴使自以形陋不足雄遠國使崔季珪代帝自捉刀立牀頭既畢問之匈奴使曰魏王雅望非常然牀頭捉刀人乃英雄也

龍章鳳姿照魚鳥晉嵇康傳康美詞氣有風儀而土木形骸不自藻飾人以為龍章鳳姿天質自然

但令端委坐廟堂左傳哀公七年吳太伯端委以治吳國語晉侯端委以入說云諸侯祭服也晉謝鯤傳明帝在東宮問曰論者以君方庾亮自謂何如曰端委廟堂使百官準則鯤不如亮[illegible]壑自謂

過此[illegible]留

一二三豪悠八六　山蟲　三十二

人之去去　歸杜子美詩誰與留……錄從至之古新詩

咸陽絲苦思歸　小字親書寄我詩問樂全全

底事莊子繕性篇樂全之謂得志古之所謂得志者非軒冕之謂也謂其無以

益其樂而已矣無全何處更求虧

張文裕挽詞

張文裕名掞幼篤孝舉進士知益都縣當督賦租置里正弗用而民皆以時入石介獻息民論請以益都為天下法中丞范諷薦其材堪治劇以知萊州掖縣民訴旱于州州

不受文裕自為奏上之詔除
登萊稅役歷省府待制天章
閣陝西都漕進龍圖直學士
累官戶部侍郎致仕熙寧七
年卒年八十文裕齊州歷城
人故詩云濟南名士新凋喪
益都在劒外而文裕有惠政
故云劒外生祠已絜除子由
亦有挽詞及代李公
儀祭文裕文載集中

高才本出朝廷右 漢田叔傳上召與語漢廷臣無能出其右者

能事空推德業餘 周易觸類而長之天下之能事畢矣易繫辭可[illegible]

每見[illegible]宜[illegible] 三國志魏[illegible]則賢[illegible]德可[illegible]大賢[illegible]乘[illegible]陳思王植[illegible]表[illegible]蜀[illegible]

浚濡[illegible]閣子一人[illegible]寶孝子[illegible]華[illegible]

及[illegible]耕善書共[illegible]品[illegible]晉魏[illegible]書苑菁華[illegible]濟

南名士新凋喪杜子美宴歷下亭詩海內此亭古濟南名士多劍

外生祠已潔除漢于定國傳父于公為縣獄史決獄平郡為立生祠

欲寄西風兩行淚杜子美寄杜位詩封書兩行淚霑洒裛新詩杜

牧之見吳秀才與妓別詩萬里分飛兩行淚白樂天寄劉蘇州詩何堪老淚交流日

正是西風搖落時依然喬木鄭公廬孟子非謂有喬木之謂也

有世臣之謂也後漢鄭玄傳孔融深敬於玄告高密縣為玄特立一鄉曰昔齊置士

鄉越有君子軍皆異賢之意鄭君好學實懷明德今鄭君鄉宜曰鄭公鄉廣開門衢

令容高車號為通德門

懷西湖寄鼂美叔同年

鼂美叔名端彥時提點兩浙
刑獄置司杭州第十一卷有
和九日見寄詩東坡在揚州
美叔以發運赴闕有詩送行
載三十二卷紹聖間為祕書
少監以直祕閣知陝州提舉
崇福宮攺知漣州子說之
字以道後亦從先生[illegible]

西湖天下景游者無愚賢深淺隨所得誰
[illegible]全嗟我本狂直[illegible]戰國[illegible]
[illegible]

杜子美幽尋豈一路遠色有諸嶺所至得其妙心知口難

傳至今清夜夢歐陽公鎮陽園詩至今清夜夢猶遶北潭北耳

目餘芳鮮君持使者節風采爍雲煙漢張耳傳

上使泄公持節問之漢高祖帝紀自稱使者晨馳入張耳韓信壁漢霍光傳天下想

聞其風采清流與碧巘安肯為君妍胡不屏騎

從暫借僧榻眠讀我壁間詩清涼洗煩煎

策杖無道路直造意所便杜子美江外草堂詩畏痾遺所

便

應逢古漁父葦間自延緣問道若有得

莊子漁父篇孔子游乎緇帷之林坐乎杏壇之上有漁父者顧見孔子還鄉而立孔子因請受業而卒學大道乃刺船而去延緣葦間孔子曰道之所在聖人尊之今漁父之於道可謂有矣吾敢不敬乎

買魚勿論錢

杜子美峽隘詩白魚如切玉朱橘不論錢南史隱逸傳漁父不知姓名孫緬爲尋陽太守見一輕舟凌波隱顯俄而漁父至神韻蕭洒垂綸長嘯甚異之乃問有魚賣乎荅曰其釣非釣寧賣魚者乎

梅戶曹會獵鐵冶

[illegible]信涼州三[illegible]猛三明儁[illegible]六
甘[illegible]具傳客冠儒[illegible]鄆解甚中左氏以[illegible]杜子
羨贈[illegible]丞詩紈袴不餓[illegible]冠多誤身竿上鯨鯢猶未掩東坡
云近梟數盜左傳宣公十二年古者明王伐不敬取其鯨鯢而封之以為大戮於是
手有京觀草中狐兎不須驚杜子美冬狩行草中狐兎盡何益天
子不在咸陽官東州趙叟欲無敵南國梅仙詩有
聲漢梅福傳隱吳市門卒至今人以為仙韓退之石鼎聯句序侯喜新有能詩聲
不向如臯閑射雉歸來何以得卿卿東坡云是
曰惟梅趙不射左傳昭公二十八年賈大夫惡娶妻而美三年不言不笑御以如臯

射雉獲之其妻始笑而言世說王安豐婦
卿安豐安豐曰婦人卿壻於禮不敬苔曰
我親卿愛卿是以卿卿
我不卿卿誰復卿卿

祭常山回小獵

青蓋前頭點皁旗後漢董卓傳乘金華青蓋黄茅岡下

出長圍白樂天山鷓鴣詩黄茅岡頭秋日晚苦竹嶺上寒月低南史侯景作長圍圍梁宋書魏主就臧質求酒封溲便與之魏主怒築長圍一夕而合杜牧之東兵詩[illegible]長圍雲[illegible]

弄風驕馬跑空立白樂天渭村退居詩

[illegible]兔蒼鷹掠地飛[illegible]生翠

[illegible]年踞胡牀[illegible]伏兵[illegible]取[illegible]乘勝擊返大[illegible]公之言[illegible]傳[illegible]陶

為齊[illegible]萬[illegible]司馬主簿陳敏之[illegible]丹陽內史敏[illegible]際人出不獲濟榮麾[illegible]白羽扇其衆潰散文選注彦昇宣德皇后令白羽一揮黃鳥底定

和章七出守湖州二首

章申公惇字子厚建州浦城人父俞徙蘇州子厚豪儁善屬文書札追古人再舉甲科調商洛令與東坡同游南山抵仙游潭潭下臨絕壁橫木其上子厚揖東坡書壁不敢子厚平步過之握筆大書乃還東坡拊其背曰君他日必

能殺人以三司使出知湖州
子厚好論出世間法故詩中
多用學仙事東坡既買田陽
羨子厚在湖州寄詩云君方
陽羨卜新居我亦吳門葺舊
廬身外浮雲輕土苴眼前陳
迹付籧篨澗聲山色蒼雲上
花影溪光罨畫餘他日扁舟
約來往共將詩酒狎樵漁是
時子厚二親無恙故有兩危
春酒眞堪羨獨上人間分外
榮之句東坡後謫齊安王禹
王為相擠於神[illegible]甲宗
意不謂然子厚[illegible]因
解之宜[illegible]篇[illegible]
進用子厚時以
[illegible]

知[illegible]原[illegible]

致平生焉不就[illegible]四[illegible]

吉之可某莫承[illegible]

年中間雖出處小異然[illegible]情

固無所增損也今[illegible]高[illegible]年

寄迹海隅此情可知也

今在章氏歙縣羌家

方丈仙人出渺茫史記封禪書蓬萊方丈瀛洲此三神山者其傳在渤海中真誥太上宮中歌正言耳目之經我滄海方丈仙人常寶而為也韓退之桃源歌神仙有無何渺茫高情猶愛水雲鄉功名誰使連三捷毛詩戎車既駕四牡業業豈敢定居一月三捷身世何緣得兩忘白樂天詩性與時相遠身將世兩忘早歲歸休心共

在陶淵明斜川詩吾生行歸休他年相見話偏長只應

未報君恩重白樂天詩未報皇恩歸未得懃君為寄北山文清夢

時時到玉堂漢揚雄傳歷金門上玉堂有日矣文選班孟堅西都賦神

仙長年金華玉堂三輔黃圖未央宫有玉堂殿李宗諤翰苑雜記太宗皇帝御書

飛白玉堂之署四字淳化三年賜今在本院玉堂門之上

絳闕雲臺揔有名晉傳玄西都賦巍巍絳闕續仙傳謝自然入海

至一山遇道士曰天台司馬承禎居赤城名一絳闕真良師也後漢[illegible]傳二

[illegible]宗[illegible]感[illegible]前世功臣圖畫[illegible]將於南宮雲臺

云入虎數乃生在

嶰云寶鼎存金虎元四眷日爲松下龜蛇綴□

苓者千歲松根也食之不死其下□不神龜守之東坡自註云君好爐□□而自茯苓

霅水未渾纓可濯湖州圖經霅谿凡四水合為一谿孟子滄浪之

水清兮可以纓我纓弁峯初見眼應明張玄云吳興墟名卞山峻

極非清秋爽月不見其頂周處風土記卞山當作冠弁之弁巔退之過襄城詩潁水

嵩山刮眼明兩卮春酒真堪羨毛詩維此春酒以介眉壽獨

占人間分外榮杜子美柴門詩賞妍又分外理愜夫何誇

和張子野見寄三絕句

過舊游

前生我已到杭州到處長如到舊游東坡荅錢塘主簿陳師仲書云一歲率常四五夢至西湖上此殆世俗所謂前緣者在杭州嘗游壽聖院入門便悟曾到能言其院後堂殿山石處故詩中有前生已到之語更欲洞霄為隱吏杭州圖經洞霄宮在餘杭縣西南十八里唐大曆五年建為天柱觀祥符元年改今額杜子美送裴氏詩隱吏逢梅福一庵閑地且相留

見題壁

詩人一回顧山僧未忍掃黃 有冨家子杜四郎嘗戲為詩音[illegible]百贈 以比蔔鷂每有詩即題壁壁粗貧亏汙墁 之即云三十年來塵撲 面如今始得一枚泥

竹閣見憶

栢堂南畔竹如雲此閣何人是主人但遣先生披鶴氅 晉王恭傳嘗披鶴氅涉雪而行孟昶窺見之曰此眞神仙中人也 不須更畫樂天眞 竹閣有樂天祠堂

和蔣夔寄茶 夔赴代州教授子由有送行詩

我生百事常隨緣四方水陸無不便扁舟渡江適吳越三年飲食窮芳鮮金虀玉膾飯炊雪大業拾遺吳郡獻松江鱸魚膾須八九月霜下之時鱸魚白如雪取三尺以下者作之以香菜花葉相間和以細縷金橙食之所謂金虀玉膾東南之佳味也海螯江柱初脫泉白樂天放魚詩脫泉雖已久得酒猶可蘇臨風飽食甘寢罷楚辭九歌望美人兮未來臨風怳兮浩歌論語飽食終日韓退之譬詩倒身甘寢百疾愈一甌花乳浮[illegible]園劉禹錫茶詩欲知花乳清泠味須是眠雲跂石人[illegible]從[illegible]此

[illegible]

槃筵厨中烝粟埋飯甕大杓[illegible]

涎世說諸阮飲酒不復用常杯斟大甕盛酒圍坐相向大杓更飲之柘

羅銅碾棄不用脂麻白土須盆研故人猶

作舊眼看謂我好尚如當年沙谿北苑強

分別丁謂茶録北苑里名也官焙曰龍焙蓋造御茶也吕仲吉茶記壑源其別

有八沙谿其一也水脚一線爭誰先蔡君謨茶録建安人鬬試

以水痕先者爲負故較勝負之說曰相去一水兩水清詩兩幅寄千

里紫金百餅費萬錢吟哦烹噍兩奇絕韓退

之調張籍詩帝欲長吟哦故遣起且僵李太白越女詞光景兩奇絕只恐偷乞煩封纏老妻稚子不知愛杜子美詩老妻畫紙為棊局稚子敲針作釣鈎一半已入薑鹽煎唐薛能茶詩鹽慎添長戒薑宜煮更誇人生所遇無不可南北嗜好知誰賢死生禍福久不擇更論甘苦爭蚩妍知君窮旅不自釋因詩寄謝聊相鐫

荅李邦直

李邦直名清臣誦書日數千言韓忠獻公見[illegible]

等名[illegible]六

院從韓絳使陝[illegible]判海州還故官[illegible]

獄召為兩朝國史[illegible]同脩起居注知制誥[illegible]部尚

書擢尚書左丞哲宗立以資政殿學士出守三郡自元

祐初革新庶政至五年人心已定惟熙寧舊黨分布中外

多起邪說以搖撼在位呂微仲丞相劉莘老中書尤畏之

欲引用其黨以平舊怨謂之調亭蘇子由為中丞極論其

非後三省奏除邦直吏部尚書范給事祖禹姚正言勔皆

言不當命未下又除蒲宗孟兵部尚書子由時為右丞言

於宣仁曰前日除李清臣給諫紛然爭之未定今又用
宗孟今日用此二人正與去年用鄧温伯無異此三人者非有大惡但昔與王珪蔡確輩並進意思與今日聖政不合今闕尚書四人已數年何嘗闕事若並用似此四人使互進黨類氣勢一合非獨臣等耐何不得亦恐朝廷難耐何矣宣仁曰信然不知且靜事遂已洎宣仁服藥中三省又以為户部[illegible]請哲
宗親政於元祐之[illegible]不[illegible]無疑侍御史楊畏[illegible]首[illegible]窺上意進疏[illegible]宗[illegible]立法以與萬[illegible]

畏以[illegible]告
朕皆不能盡知一[illegible]文
密以聞畏即疏亭[illegible]之壽[illegible]
惠卿鄧温伯李[illegible]持[illegible]加
題品且密奏書萬言具[illegible]
神宗所以建立法[illegible]及[illegible]意乞
召章惇為宰相上皆嘉納
焉邦直未至除中書侍郎鄧
温伯以吏部尚書知貢舉除
尚書左丞即日出院二人久
不得志邦直首以紹述逢
上意且多激怒之詞温伯和
之會廷策進士邦直撰策題
即為邪説以扇惑羣聽子由
入奏論之不報李鄧從而媒
蘖遂得皐范忠宣去相位邦
直獨顓中書丞復青苗免役
法除諸路提舉官章子厚入

相邦直又與之為異以大學

士知河南然紹述朋黨之說

肇於此三人者天下正人幾

無噍類裔夷亂華中原版蕩

蓋基於此徽宗立入為門

下侍郎出知大名府年七十

一薨邦直蚤以詞藻受知

人主為文簡重宏放然志於

利祿謀國無公以一意欲取

宰相故操持悖繆竟不如願

以死後追治其罪貶雷州司

戶邦直居高密時以京東提

刑行部至密也東[illegible]作瘴

海僅得生還推涼[illegible]本[illegible]自

邦直發之故因陷

之然備載本末云

[illegible]人[illegible]春[illegible]以楚詞[illegible]騷一[illegible]

似冰壑韓退之詩歸與未用騰騷秋見[illegible]
東方朔七諫赴湘沅之流澌兮恐逐波而[illegible]復來後漢王霸傳河水流澌澌者冰所流
冰也子從徐方來毛詩徐方既寧王曰還歸吏民舉熙熙
老子衆人熙熙如享太牢如登春臺扶病出見之白樂天寄元微之詩
可能扶病暫來無驚我一何衰知我久慵倦起我
以新詩論語起予者商也始可與言詩已矣詩詞如醇酒盎
然薰四支經飲不覺醉史記淳于髡傳可一斗徑醉欲
和先昏渡西齋有蠻帳風雨夜紛披文選洞簫
賦紛披容與而施惠放懷語不擇孝經口無擇言撫掌笑脫

頤晉陸雲傳張華撫掌大笑漢匡衡傳諸儒語曰匡說詩解人頤如淳曰使人笑而不能止也

別來今幾何晉溫嶠傳王敦與王導書曰太眞別來幾日作如此事

春物已含姿謝眺詩春物方駘蕩柳色日夜暗白樂天夢游春詩門柳暗金低

子來竟何時徐方雖云樂韓退之晚秋鄆城聯句詩從軍古云樂

東山禁游嬉晉謝安傳高卧東山每游賞必以妓女從

又無狂太守何以解憂思

聞子有賢婦華堂詠螽斯文選叔夜琴賦華堂曲宴密友近賓毛詩螽斯后妃子孫衆多也言若螽斯不妒忌則子孫衆多也[illegible]毋娶孫[illegible]

[illegible]源女賢盡不到妻[illegible]

教絲竹絲竹之音……新……楊柳枝……

詞請君莫奏前朝曲

唱我新翻楊柳枝

註東坡先生詩卷第十

壬子冬十二月朔宛平王效曾紹庭嘉興吳嘉穀
映帆元和宋思文懷西宋璣雲槎南城王聘珍實
邑同觀于沛南使院校經義攷之齋方綱記

嘉慶丁丑四月望後一日雲間周達敬觀

道光丙申冬至日觀於荷屋中丞之清筠清館
六湖羅天池記

嘉慶庚申十二月十九日崑山孫銓奉新
周邵蓮宣城方楷金山高玉階集蘇齋
拜坡公生日是日玉階為錢唐黃易摹
山谷像邵蓮題記

坡公守密州因城為臺子由名之曰超然集中所稱北臺是也諸城大令黃岡汪竹千封
於道光丙申重葺是臺余時由毘陵乞病家居請立坡公同年時僚屬木主配享祠
並移種玉盤盂於臺上以資供養其明年丁酉來都門重過德畬寉琴齋獲觀宋槧
玩竟日手摹笠屐圖擬刻之臺東笠屐軒壁間亦蘇齋身後一段墨緣也守密詩
有家南澗先生題款因識數語於後箬汀李璋煜倚裝書時天中後一日